KB237382

청어詩人選 51

계절의 깊은 곳에서

| 김시연 시집 |

청어

계절의 깊은 곳에서

김시연 지음

발행처 · 도서출판 청어
발행인 · 이영철
기 획 · 강보임 | 김홍순
영 업 · 이동호
편 집 · 김영신 | 방세화
디자인 · 오주연
제작부장 · 공병한
인 쇄 · 두리터

등 록 · 1999년 5월 3일(제22-1541호)

1판 1쇄 인쇄 · 2009년 6월 15일
1판 1쇄 발행 · 2009년 6월 25일

주소 · 서울시 서초구 서초동 1588-1 신성빌딩 A동 412호
대표전화 · 586-0477
팩시밀리 · 586-0478

블로그 · http://blog.naver.com/ppi20
E-mail · ppi20@hanmail.net
ISBN · 978-89-93563-33-7 （03810）

계절의 깊은 곳에서

| 시인의 말 |

눈부신 생명의 계절에
힘을 얻어서
다시금 길을 나섭니다

오랜 시간
게으름의 늪에 묻혀서
널부러져 뒹구는 동안
여기저기 맥없이 흩어져 있는
마음의 조각들을 주워 모아
한데 묶어서
분신을 세우기 위하여

마음을 가다듬고
새롭게
길을 나섰습니다

2009년
아카시아 향기 속에서
김시연

c·o·n·t·e·n·t·s

1

잊혀진 마음

2

산다는 것이

3

사랑할 수 있다면

4

혼자서 가는 길

5

그 길에서

6

너를 보내고

• • • • • • 계절의 깊은 곳에서

1
잊혀진 마음

끝없이 방황하는 가슴에
철썩이던
그 시리운 파도도
이제는
긴 세월 물결 속으로
하얗게 잦아들었습니다

• • • • • • 계절의 깊은 곳에서

유월의 남한강

하늘을 향해
출렁이는 물결 위로
유월의 햇살이
눈이 부시도록 내려앉으면

텅 빈 겨울날의
그 하얀 쓸쓸함은
스쳐가는 향기로운 바람결에
훌훌히 실어 보내고

해맑은 미소와
평온의 작은 날갯짓으로
그 누구도 침범할 수 없는
충만한 행복을 저어 가는가

상사화의 그리움

한 몸 붙잡고 태어난
가녀린 두 갈래 육신이여

서로 살 부비며
한 세상
함께 누릴 수도 있으련만

어인 잘못된 인연이기에
태산 같은 그리움만 끌고
먼 길 비켜가야 하는
엇갈린 운명인가

화려한 꽃날개 펴고
행여 하는 마음 앞세워
푸른 날개 찾아나서 보지만

기척도 없는 막막함에
고운 자태 접지도 못하고
그대로 몸져눕는가 보다

계절은 다시 오고

축복 같은
눈부신 오월의 햇살이
축복처럼 쏟아진다

정에 목마르던
기다림의 생명들이
저마다 연둣빛 날개 펴고
환희의 아우성으로 달려온다

계절은 이렇게
해마다 새롭게 찾아오지만
세월 뒤에 넘겨진 허무는
늘 그 자리에서 맴돌고 있는데

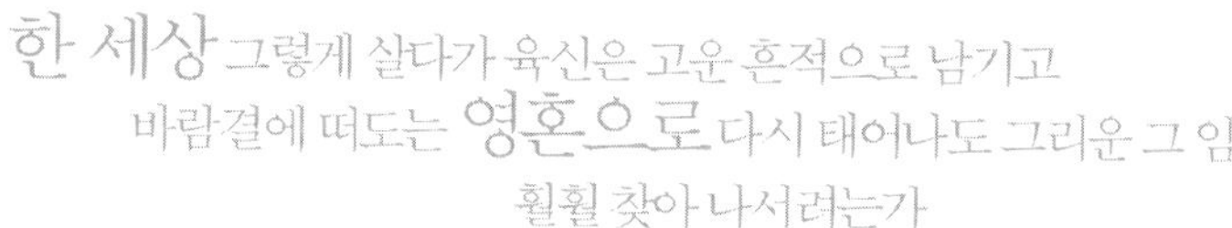

한 세상 그렇게 살다가 육신은 고운 흔적으로 남기고
바람결에 떠도는 영혼으로 다시 태어나도 그리운 그 임
훨훨 찾아 나서려는가

민들레

긴 기다림의 목마름에
거친 들판으로
서둘러서 낮은 목 내밀고
생명의 햇살 보듬어
노란 가슴 활짝 열었는가

기쁨일 때면
작은 몸짓으로 춤을 추다가
슬픔일 때면
서러운 눈물로 흠뻑 젖다가

한 세상 그렇게 살다가
육신은 고운 흔적으로 남기고
바람결에 떠도는 영혼으로
다시 태어나도 그리운 그 임
훨훨 찾아 나서려는가

연꽃 축제

진흙탕에 발 담그고
물 마를 날이 없는
그 발 시려워도
무슨 말을 할까

쏟아지는 여름 햇살
아낌없는 축복 속에
넓은 잎자락 한껏 펼쳐놓고
숨겨진 젖은 꿈
함초롬히 피워 올리나니

인고의 세월 다 잊은 듯
티 없이 맑은 미소로
세상 모든 근심
다 품어 안으려는가

겨울비

싱그러운 푸른 가슴 펼쳐서
정겹게 품어주던
더운 임들은 먼 길 떠났고
남겨진 마른 가지들의 한숨은 깊었고

지난날 풍요롭던 추억들은
흔적조차 없이 사라져
쓸쓸함이 부서져 내리는
겨울날의 눈물인 듯

온몸으로 삼켜야 하는
야윈 나목들의
침묵하는 서러움이
젖은 허공에서 떠돌고 있다

무심으로

아무 생각 없이
살고 싶다
높은 하늘에 떠도는
구름이나 바라보면서

사랑하는 마음은 없어도
미움의 마음일랑
불어가는 바람결에
훌훌히 날려버리고

이따금 던져 와 꽂히는
독한 언어들의 아픔은
삼켜야 할 약인 듯
단숨에 넘겨버리고

꽃이 피고 지는 세월 속에
주어진 내 삶의 몫이라면
바람 없는 하얀 마음 깔고
무심으로 살고 싶다

겨울 이야기

한자락 그늘을 깔고
온기 없이 떠도는 햇살이며

너울대던 푸른 잎들 떨구어 버린
앙상한 나목들이며

차가운 땅 위에 구르는
작은 돌 하나마저도

저마다 뿜어내는
잃어버린 것들의 시려움이

세상 온통 가득한
쓸쓸한 겨울입니다

가슴에 가득한 시려움은
부칠 곳도 없는 겨울입니다

기다림이란 모르는 꽃님들 어느새 저만치 떠나고
향기 머금은 여윈 성성한 그 뒷모습만 힘없이 서성이고 있네

봄나들이

사방에서
꽃들의 향연이 한창이라고
소문도 무성하여
칙칙한 가슴 헤치고
바람처럼 달려왔더니

기다림이란 모르는 꽃님들
어느새 저만치 떠나고
향기 머금은
여운 성성한 그 뒷모습만
힘없이 서성이고 있네

그곳 춘천은

우람한 산 그림자
짙게 드리우고
고즈넉이 나가 앉은
정갈한 여인의 마음 같은

서로 부대끼며 시끄러울 일도
쫓기듯 숨 가쁠 일도 없는
늘 평화로움만이 출렁이는
천상 같은 그곳 춘천이여

살다가
흐린 마음 무거운 날에는
반겨주는 사람 하나
기다려주는 사람 하나 없어도

바람처럼 날아서
그 품으로 파고들면
자비로운 듯 평온한 숨결은
세상사 번뇌 쓸어내려 준다

잊혀진 마음

그 길로 나서면
운명처럼 마주칠 것만 같은
사랑이란 이름을

떨치지 못한 깊은 그리움이
끝없이 방황하는 가슴에
철썩이던 그 시리운 파도도

이제는
긴 세월 물결 속으로
하얗게 잦아들었습니다

어떤 인연

아득한 전생에서
너와 나는
무엇으로 살았었을까

살다 살다
남겨진 인연의 매듭 하나
마저 놓지 못하고
굳이 이승까지 끌고 와서
이리도 힘겹게 부대끼는 것일까

다음 세상에서는
상관없는 인연이고저
행여 한 점 맺힌 마디라도
말끔히 풀어버리고
얽히지 않을 서로 다른 길로
선뜻 나설 수 있기를

눈이 오네

낮은 하늘 비집고
산산이 쏟아져 오는
새하얀 작은 몸짓들이
희미해진 먼 옛 임
온갖 모습의 손짓만 같아서

주어진 일상
다 내려놓고
지난날의 흔적들
가물거리는 그 길로
숨차게 달려가면

지금도
가슴에 살아 숨쉬는
그리운 그 정
뜨겁게 만날 수 있을 것만 같은
눈꽃처럼 피어나는
갈망의 늪이여

• • • • • • 계절의 깊은 곳에서

2
산다는 것이

못 잊어 보고 싶은 마음
켜켜이 쌓다가
목까지 차오르는 그리움
깊은 한숨으로 삼키다가
산다는 것이
그냥
서러움입니다

· · · · · 계절의 깊은 곳에서

우울증

꽃이 피는 날에는
향기로운 꽃이나 바라보면서
바람이 부는 날에는
바람결 따라 호흡하면서

사는 동안
마음 담글 사랑은 없을지라도
그저 평온하고픈 다짐을
왜 모르는가

때때로
천둥 같은 먹구름 앞세우고
마른 가슴 정수리에 올라앉아
짓누르는 그 무게에

세상 온통
막막하여
갈 길 잃고 헤매이게 하는
청하지 않은 불청객이여

그대는 들꽃처럼

외로운 한 알의
밀알이 되어
거치른 들판에 자리한
시들 줄 모르는
들꽃 같은 운명이여

거친 비바람이 불어와도
사나운 눈보라 몰아쳐 와도
오직 하늘만 향해
눈부신 햇살 바라보며
거침없이 달려오던
그 멀고도 소중한 여정을
어찌 그리 쉽게 놓으려 하는가

힘에 겨워
굳이 버리고만 싶은
이승의 생이라면

가는 곳 그 세상에서는
가슴 시리던 외로움이 아닌
채우고 싶었던 사랑만으로
영원히 행복한 영혼이옵기를
부디 부디

사방으로 적막의 벽은 한없이 무겁고
정에 대한 갈증으로 이 가슴은 무너져 내리고

고독의 밤

떠돌던 바람결마저
숨죽여 졸고 있는 밤

사방으로
적막의 벽은
한없이 무겁고

정에 대한 갈증으로
이 가슴은
무너져 내리고

산다는 것이

아무리
행복을 우겨 봐도
산다는 것이 서러움입니다

보이지도 않는 먼 앞을
끝도 없이 바라보면서
숨차게 달리다가
넘어지는 아픔이다가

목숨 같은
사랑이란 이름으로
다사로운 생을 꿈꾸다가
허기진 마음으로 방황하다가

못 잊어 보고 싶은 마음
켜켜이 쌓다가
목까지 차오르는 그리움
깊은 한숨으로 삼키다가

산다는 것이
그냥
서러움입니다

밤꽃 향기

앙상한 세월
묵묵히 돌아 나와

시린 가슴 활짝 열고
유월의 햇살 보듬어

향기인 듯 온몸으로
계절 가득 뿜어내는 것은

끈끈했던 사랑 못다 한
깊은 그리움을 토해내는

어쩌면
진한 입김이 아닐런지

봄이 오면

먼 남녘 바람
온기 품고 불어와
깊은 추위에 언 몸들을
살포시 녹여주는 더운 입김에

웅크려 숨죽이던 여린 꽃망울들
저마다 고운 빛깔로
일어서는 행렬이
사방천지 화려한 계절이 오면

무겁고 칙칙한 가슴은
말끔히 쓸어버리고
봄날의 향기에 흠뻑 젖어서
훨훨 나비처럼 날아봤으면

비에 젖은 만추

높기만 하던 하늘
한없이 낮추어 놓고
눈물 같은 빗줄기
종일토록 하염없다

어느새 나목으로 섰는지
앙상한 가지마다
그렁그렁 맺힌 눈물 꽃
차마 떨구지 못해
온몸으로 서러움을 토하고

저 건너 젖은 산허리에는
무심으로 떠돌던 조각구름들이
정처 없는 삶 내려놓고
내뿜는 깊은 한숨이
천지간에 자욱하여라

타인

어느 날
문득
훈훈하던 동행은
흔적조차 없어지고
먼 데서 찾아온 길손인 듯
온통 낯설고 서먹함으로
다정인 양 마주 서 봐도
그저 아득할 뿐
가 닿을 길이 없어라

굶주린 마음인 듯 움츠리는 옷깃으로
한사코 파고드는 얄궂은 태동이 있어
기다리는 봄이 오려나 보다

봄이 오려나

산 너머
성난 들소 같은
거친 바람이 인다

긴 추위에 숨죽였던
마른 나뭇가지들의
시린 외로움을
달래려는 몸짓인가

세상에 정지된 모든 것들을
생명의 숨결로
흔들어 깨우며

굶주린 마음인 듯
움츠리는 옷깃으로
한사코 파고드는
얄궂은 태동이 있어
기다리는 봄이 오려나 보다

시월에

시리도록 투명한
먼 하늘 끝을
온몸으로 쓸다 내려온 듯

식어가는 체온으로
힘없이 휘감기는
눈먼 바람이 일렁인다

괜스레
가버린 날들의 무상과
희미해진 옛정들의
사뭇 그리움이

저려오는 서러움 되어
시월의 바람 따라
초점도 없이 너울거린다

지금은

목숨 같은 사랑을
꿈꾸는 일도

가버린 사랑을
그리워하는 일도

어느 한때의
부질없는 쓸쓸함이었을 뿐

한세상 살면서
채우고 싶어도 채우지 못한
허기진 바람들을

이제는 모두 놓아버리고
비워진 가슴을
사랑하리라

불안

주어진 하루어치의
잔잔하고
달콤한 이 평화스러움이
행여 원하지 않는
어떤 불청객의 그림자로
훔쳐낼 수도 없는
먹구름이라도 덮일까
앞선 두려움은
어찌할 수 없는
깊은 병이 아닐런지

하얀 겨울날에

세상에
온갖 흉허물들을

하늘이 내린 소복으로 단장한
순백의 새아침으로 나서면

형체도 없는
아득한 외로움이

오래된 그을음처럼
나부껴 오는 것은 무엇일까

계절의 깊은 곳에서

3
사랑할 수 있다면

어느 한구석에
다사로웠던 너의 옛정이
아직도 훈훈한
온기 남아 있다면
사랑이란 불씨 지피우고
더운 가슴으로
달려갈 수도 있으련만

· · · · · · 계절의 깊은 곳에서

이제라도

멀고도 힘겨웠던 길
함께 걸어오면서

굽이굽이 수없이 부딪쳐온
그 많은 아픔의 자리에

돌이킬 수 없는 이제라도
너와 나의 사랑이란 이름 세우고

향기로운 꽃을
피워낼 수 있다면

어떤 그리움

함박눈이 쏟아지는 날에는
하얀 눈길을 걸으며
온갖 모습으로
부서져 내리는 추억들을
시린 가슴에 주워 담았습니다

꽃이 피는 날에는
꽃향기 따라 길을 나서면
어느 꽃그늘에서라도
설레이던 운명을 꿈꾸는
꽃빛 그리움에 출렁였습니다

푸르름이 무성한 날에는
푸른 숲 그늘에 앉아
풋풋하던 마음 나누던 옛정이
너울대는 다정한 손짓인 듯
사방 분간 없이 떠돌았습니다

낙엽이 지는 날에는
흩날리는 낙엽 따라 방황하던
내 깊은 곳 그리움은
수렁 속 같은 가슴으로
무너져 내렸습니다

위대한 생명의 힘과 화려한 몸짓으로
천지간에 요동을 치는 듯 축복 쏟아지는 이 봄날에

봄날의 어떤 외로움

위대한 생명의 힘과
화려한 몸짓으로
천지간에 요동을 치는 듯
축복 쏟아지는 이 봄날에

가슴 깊은 곳에서 흐르는
눈먼 외로움은
어디로 가자는 것일까
지금

실려 가는 소의 운명

덜컹대는 녹슨 트럭의
거미줄 같은 울타리에 싸여서
돌아올 수 없는 먼 길
끌려가는 목숨이여

말로 할 수는 없지만
낯선 행선지의 두려움에
힘든 다리 앉아 쉬지도 못하고
서로의 숨결에 의지하고 선 채
깊은 생각에 잠기다가

목을 세워
울타리 너머로 먼 하늘 바라보며
생의 핏빛 같은 회한을
속으로 삼키는 눈물인지
그렁그렁 뜨겁게 고인다

전생에서는
무엇으로 살다가 왔을까
넋을 놓은 듯
마음 흥건한 슬픈 눈빛으로

이제는
어떤 세상으로 가려는지

언젠가는

끝을 모르는
너를 향한 마음

삶의 강물
흐름 따라 떠돌다
떠돌다 보면

잠시 쉬어가는
어느 그늘진 어귀에서라도

우연인 듯
만나질 수 있을까
머물지 못할 인연일지라도

가을이 가네

남몰래
쓸어내리는 가슴 안고
어쩌면 그리도
곱게 차리고 나섰는가

묻어두었던 갈색 그리움도
삼키지 못한 서러움도
세상 가득 일렁이도록
거침없이 다 뿜어내고

눈물처럼
떨구어낸
마른 낙엽 밟고서
홀연히 떠나는 설운 임이여

가을 손님

청하지 않아도
기다렸다는 듯이
오색 치맛자락 펼치고
살포시 내려앉는
계절의 길손이여

작은 풀벌레들 합창이
한창 어우러지면
눈물처럼 뚜욱 뚝 지는
마른 나뭇잎들 뒷모습 사이로
해묵은 서러움까지 풀어놓고
몸져누워 흐느적이면

둘 곳 없는 마음은
뒹구는 낙엽 속에서
그 서러움까지
보듬어야 하는가

기억

아주 오래된 일이지만
이 작은 가슴에는
어제 일처럼
살아 숨쉬는 듯한
생생한 흔적으로 남겨져
흐르는 세월 속에서
온몸으로 부둥켜 안고
뒹굴어야 하는
깊은 아픔이었음을

하얀 천지간에서 형체도 없이 둥둥 떠돌다가 끝내는
이 마른 가슴으로 파고드는 공허로운 계절이여

계절의 깊은 곳에서

눈부신 햇살과
온몸으로 눈빛 마주치며
찰랑이던 작은 삶이
정지된 강물의
시려운 서러움과

먼 길 떠난 철새들의
빈 둥지 외로움까지
앙상한 육신으로 휘감고
미동도 없이 토해내는
나목들의 쓸쓸한 숨결이

하얀 천지간에서
형체도 없이 둥둥 떠돌다가
끝내는
이 마른 가슴으로 파고드는
공허로운 계절이여

갠지스 강의 고뇌

사는 동안의
안락한 생을 위한
절실한 염원의 절규와

권태로운 이승의 모든 것들을
미련 없이 다 내려놓고
활활 타는 불길 타고
머나먼 길 떠나는 자의
남겨진 슬픔과

한꺼번에 쏟아져오는
생과 사의 덫을
저항 없이 다 받아 안아
속으로 풀어야 할
고뇌의 마음이
혼탁한 물결 되어 일렁이는가

봄비

땅을 밟고 선
모든 생명들의
목마른 긴 기다림이
생명수 같은 이 빗물이었음을

천지간에 가득한
생명의 숨결이
봄으로 향한 질주로
분주한 아우성인데

목이 마른 이 가슴에도
봄비 같은 생명수
한줄기 내려준다면
푸른 눈빛 밝힐 수도 있으련만

너를 보내고

정 깊은 너를
그렇게 선뜻 보내고
가눌 길 없는
허망한 마음
분주한 발길 붐비는
거리로 나섰다

오고 가는
초롱한 눈빛들
새로운 듯 담아보지만
고독한 인생사
서글픈 흐느낌에
휘청이는 숨결이어라

사랑할 수 있다면

스쳐가는
한 점 바람에도
쓰러질 듯 휘청이는
허허로운 가슴

어느 한구석에
다사로웠던 너의 옛정이
아직도 훈훈한 온기 남아 있다면

사랑이란 불씨 지피우고
더운 가슴으로
달려갈 수도 있으련만

· · · · · · 계절의 깊은 곳에서

4
혼자서 가는 길

닿을 수 없는 너를
내 마음 밖
저편에 세워두고
돌아선 길에는
허허로운 눈빛들만이
무성도 하여라

· · · · · · 계절의 깊은 곳에서

11월의 장미

한 점
후회도 없을 듯
화려했던 그 삶
그래도 무엇이 모자랐기에

함께 어울려
한생을 누리던 초록 눈빛들
다 버리고 먼 길 떠난
텅 빈 뒤안길로

가던 길 되돌아와서
식어가는 태양 향해
온기 잃은 가슴 열고
고즈넉이 서 있는가

기다림

수없이 많은 날들이 갔어도
정 주고 간 그 사람은
어이 돌아올 줄을 모르고

하염없는 서성임으로
목이 마른 기다림은
어이 지칠 줄도 모르는가

지구의 어느 낯선 곳에서

살다가
굴레 같은 일상이
무겁기만 한 어느 날
자유로운 이방인으로 떠돌다
지구의 어느 낯선 곳에
멈춰 서 본다

피부 색깔도 다르고
말 한마디 건넬 수도 없는
온통 서툴고 생소함을
신선한 위안인 듯
흠뻑 마셔본다

주어진 제자리에서
저마다의
인생이란 몫이야 있겠지만
삶이 힘겨운 이 숨결들은
가슴 훈훈할 위로를
어디에서 찾을 수 있을까

낙엽이 지네

벅차도록
짙푸른 몸짓으로
부푼 꿈 펼치며
거침이 없던 신록의 생애

저항할 수 없는
시간의 흐름 속에
어느새 빛바랜 육신 되어
절망으로 뒹굴어야 하는
시리도록 스산한 길목에서

주체할 수 없는 허허로움
희미해진 옛정이라도
우연처럼 정겹게 만날 수 있으면
뒹구는 낙엽의 서러움까지
보듬어줄 수도 있으련만

미련

인연이 모자라서
더는 다가서지 못하고
가물거리는 거리에 선
그리운 사람아

삼켜버릴 수 없는
미련이 많아서
행여 하는 마음
세월 가는 줄 모르는데

계절 따라
오고 가는 어느 바람결에라도
어이 한마디쯤
안부조차 잊었는가

이산가족의 눈물

무거운 긴 세월
먼 하늘만 바라보며
사무치는 그리움에 저며진 가슴들
피 맺힌 회한의 눈물 속에
북받치는 설움 부둥켜안았다

한 둥지에 몸담고
기쁨이거나 슬픔이거나
함께 누려야 할
끈끈한 혈육이건만

넘을 수 없는
장벽의 그늘에서
깊은 한숨만 토해내며
환희의 그날을 애타게 기다리는
타는 목마름이여

이제는 통곡의 눈물 말고
천지간의 사랑 노래 위하여
무너져야 할 장벽 향해
우리 모두의 뜨거운 소망으로
힘차게 나서야 할 시간이다

12월의 거리에서

온기를 느끼고 싶은
몸과 마음이다

갈 곳 몰라
파고드는 찬바람이

붙잡을 수도 없이
속절없는 시간의 허망이
그냥 서러운 12월이다

앞서 가는 사람들의
쓸쓸한 뒷모습을 바라보면서

뒤에 따라오는 사람들의
가쁜 숨소리를 들으면서

밀물처럼 밀려오는
이 냉기는 무엇일까

혼자서 가는 길

닿을 수 없는 너를
내 마음 밖
저편에 세워두고

돌아선 길에는
허허로운 눈빛들만이
무성도 하여라

문혀진 기억 속에 가물거리는 인연의 이름들을
젖은 허공에서 더듬거리다 어둠 속으로 쓰러지는 이 하루

비 오는 날에

마른 가슴이 다 젖도록
비는 종일 내리고

주어진 이 빈 공간에서
그저 그리운 건 사람의 온기일 뿐

묻혀진 기억 속에
가물거리는 인연의 이름들을

젖은 허공에서 더듬거리다
어둠 속으로 쓰러지는 이 하루

돌아오지 않는 사람

아직도
식지 않은
사랑이란 이름을
가슴에 담고도
저무는 가을 날 햇살처럼
열기도 없이 뒤척여야 하는
서러운 세월을
돌아오지 않는 마음은
정녕 모르리라

문 밖에 있는 그대

주어진 운명이라는
끈끈한 사랑의 이름이고저
온갖 손짓을 다 해가며
그토록 불렀건만

들리는 듯
안 들리는 듯
여름 하늘에 떠도는 구름처럼
한세상 둥둥 떠돌던 그대는

붙잡을 수 없는 세월을 따라
더는 나아갈 수 없는
아득히도 멀어진 거리에서
문득 어떤 사무침이 있어서
뒤돌아보는 마음인가

너의 전화

보고 싶다고

보고 싶은 마음에
잠 못 이루는 밤
손으로 꼽을 수 없을 만큼이라고

보이지 않는 저편에서
적막을 가르고 달려온
목마르던 마음이
형체도 없이 흥건히 고여 든다

어찌하랴
인연이 모자라는 것을

겨울이 오는 길목에서

너울거리던 푸르름은
먼 길 떠났고
남겨진 앙상한 가지마다
뿜어내는
세월의 허망이
천지사방 둥둥 떠돌면

식은 땅 헤집고 달려온
스산한 바람결은
얄궂은 정인 듯
한사코 허기진 가슴으로 파고들어
쏟아놓은 그 서러움까지
부둥켜안고 뒹굴게 한다

· · · · · · 계절의 깊은 곳에서

5
그 길에서

가버린 시간들을 헤아리며
앞서거니 뒤서거니
허허로운 가슴에
얼굴을 묻는다

· · · · · · 계절의 깊은 곳에서

작별

한 호흡으로
오로지 한 곳 바라보며
우리의 운명인 듯
긴 시간 두고 쌓아온
그 많은 정들을
작은 가슴 가슴에 묻고
기약 없는 먼 이별 앞에 섰다

흐르는 도랑물도
어디쯤에서는 다 모여들듯
살다 살다가
어느 세월 자락에서
더운 손목 마주 잡고
함께 걸어갈
그런 날이 올 수 있을런지

해후

끈끈했던 우리의 세월이
그 언제였던가
돌아선 마음 아득하기만 한데

어느 날 문득
어떤 사무침이 있어
바람처럼 달려온 옛정이여

내려놓았던 이 묵은 정을
고운 빛으로 닦아 세우고
가야 할 먼 길
함께 나설 수 있을까

추심

긴 여름날의
한껏 푸르름을 놓아버리고
천상의 고운 빛 받아 안아
또 한생을 새롭게 시작하면

먼 데서
뒤따라오던 식은 바람
허공에서 떠돌다
온기 없이 돌아서는 그 길로

물결쳐 오는 공허함을
곱게 물들이고
여름 햇살 같은 사랑 노래
목청 높여 부를 수는 없을까

흔들리는 마음

갈 길 잃고 떠도는
한 점 바람도
스며들지 않는
묵묵한 작은 호수에

멀기만 하던 그대의
향기 머금고 다가선
그 숨결이
무늬 져 일어오는 파문으로
사뭇 출렁이게 하네

겨울 산

울창하던 푸른 삶은
싸늘한 체온으로 정지되고

갈 곳 몰라서
휘감기는 찬바람

앙상한 가슴
시리도록 품어 안으며

다시 올 그날 위한
넋 놓은 기다림은

초점 잃은 눈빛 되어
빈 하늘에서 맴돌고 있다

곰배령

태초의
그 마음 빼앗길까 봐
때 묻고 헝클어진
세상사 등지고
고즈넉이 올라앉았는가

벌판 같은 가슴
하늘 향해 펼쳐놓고
이름도 모를 작은 꽃들의
해맑은 삶이 시작되면

하늘 바람
치맛자락 스쳐오는 소리
감미로운 속삭임으로
내려와 안기어

시렸던 외로움
흔적 없이 닦아내고
저마다의 아픔 싣고
찾아오는 길손 위해
초록 눈빛 밝히고 일어섰는가

침묵하는 먼 산에 소리 없이 왔다 가는
쓸쓸한 해그림자처럼 그렇게 무심한 듯 돌아서리라

체념

이제는
식어버린 너의 손을
더는 미련 없이 놓으리라

이루고 싶었던 바람들
가슴 치는 발버둥 속에
다 부질없음으로 뒹굴고

침묵하는 먼 산에
소리 없이 왔다 가는
쓸쓸한 해그림자처럼
그렇게 무심한 듯 돌아서리라

평행선

마음이 멀어서
다가서지지 않는가

마주하는 눈빛이 모자라서
사랑의 불꽃 보이지 않는가

언제부터인가
가로놓인 평행선에는
이름 모를 잡초만 무성하고

눈 비비고 바라보려 해도
목청 높여 부르려 해도

아득하기만 한
우리의 이 거리를

정

너와 나의
가슴으로 흐르는
단 한 줄기 정이 모자라서
무던히도 뒤척였던 시간들

돌아보면
아스라이 먼 길
이제는 체념도 하련만
아직도 갈망의 길에서
서성이는가

너는 나에게

손 내밀어
닿을 수 없는
먼 너인 줄
체념의 세월이 얼마인가

보이지 않는
마음의 그림자
짙게 드리워놓고도
차마 두드리지 못한
너였음을

이만큼 멀리 와서야
무심인 듯
네 심중의 그 한마디는
단념으로 깊어진 가슴에
따스한 사랑 되어
촉촉이 파고든다

그 길에서

치미는
옛 생각에 겨워
정겨움 일렁이는
그 길로 나섰다

옛 모습
여전히 제자리 지키고
내딛는 발길마다
진하게 묻어나는 추억들이

가버린 시간들을 헤아리며
앞서거니 뒤서거니
허허로운 가슴에
얼굴을 묻는다

그대여

멀리서
그저 바라만 볼 뿐

마음의 손짓 한번
속 시원히 드러내지도 못하고

하루에도 몇 번씩
넘나드는 생각에 취하면
하냥 휘청인다는 그대여

가 닿을 수 없는
우리는
그냥 스치는 인연이었음을

겨울 강

출렁이는 가슴으로
먼 데 세상 가고 싶어서
밤이거나 낮이거나
멈추지 않는 날갯짓이더니

차가운 얼음장에
하얗게 묶인 오늘은
한 점 미동도 없이
어느 깊은 꿈속에 잠겼는가

축배를

거치른 들판에
햇빛 등지고 서 있는
작은 들꽃들처럼
한 빛깔진 호흡을 하면서도
팔 벌려 닿을 수 없는
이 목마름을

쌓인 그리움으로
나누고 싶은 진한 정으로
가슴 가슴
한 자리에 풀어놓으니
분명 축복의 축제이러니

비바람 거칠게 불어와도
이보다 더한 세상 몰아와도
우리는
지지 않을
아름다운 꽃을 피우기 위하여

어둠 밝히는
꺼지지 않는 등불을 위하여
목청 높여 뜨거운 축배를 들자

(전국 시도 문학인 교류대회)

계절의 깊은 곳에서

6

너를 보내고

돌아서는 마음에는
가물거리는
너의 먼 기억들까지
한꺼번에 달려와서
뜨거운 눈물 꽃이 되어
아우성으로 쏟아져 내린다

계절의 깊은 곳에서

못 잊어서

세월은 가도
가슴에 남겨진
그 이름 석 자

떨치려 애를 써 봐도
켜켜이 쌓여만 가는
회색빛 그리움이여

안부

마음이사
목이 마르는 그대 생각
하루에도 몇 번씩 품습니다

가는 길이 험한 것도 아니건만
달려가야 할
그 이름을 찾지 못합니다

품은 생각 넘쳐나면
스쳐오는 바람결에
대답 없는 소식이나 묻습니다

단념

강산이 변하도록
천리 밖에 있는 네 마음
우리라는 울타리 속으로
끈끈하게 끌어안고 싶어서

일념의 소망으로
꼽을 수도 없는 숱한 시간
무던히도 애를 끓였건만

끝내 미동도 하지 않는
네 차가운 눈빛은
미련의 가슴 닫고
산뜻하게 돌아서라 한다

비상(飛上)의 꿈을 위하여
― 사랑하는 원석에게

아장아장
걸음마가
아직도 선명하기만 한데
어느새
훌쩍 달려와
더 넓은 세상 향한
숨 가쁜 출발선에 섰구나

네 작은 가슴 속에
자라는 꿈을 안고
새롭게 나서는 그 길에는
먹구름이 밝은 햇살을 가리우는 날도
거친 비바람이 불어닥치는 날도
돌부리에 걸려 넘어지는 날도
무시로 물결치듯 넘나드는 세상임을

하지만
비상해야 할
타오르는 너의 꿈이 있기에
비켜 갈 줄 아는 지혜와
헤쳐 갈 줄 아는 용기로
어두운 곳까지 밝혀지는
활활 솟는 이 땅의 큰 횃불이거라

너를 보내고

푸르던 추억들을
앙상한 가지마다에
시리도록 매달고
체온도 없이
깊은 침묵만으로 서 있는
겨울 산 나무 곁으로
싸늘히 너를 보내고
돌아서는 마음에는
가물거리는 너의 먼 기억들까지
한꺼번에 달려와서
뜨거운 눈물 꽃이 되어
아우성으로 쏟아져 내린다

잠 못 이루는 밤

분주스러움도
소란스러움도
모두 정지되고
시커먼 공기의 호흡만이
무성하다

하루의 삶 내려놓고
제한 없는 자유인으로
온 사방 떠돌다
심연의 강 건너지 못하고
허우적일 때

다정했던 그 사람
이 밤길로 달려와
허우적이는 손목 잡아
건네주었으면

구월이 오면

삼복의 찌든 땀
말끔히 씻어 내고
묻혀 있던 보고 싶은 마음
투명한 구월 하늘에
구름처럼 띄우고 싶다

불어오고 불어가는
살랑 바람 따라나서면
어느 모퉁이에선가
보고 싶은 얼굴 만날 수 있는

이글거리던 태양도 시들고
꽃잎 진 나뭇잎
다가올 이별 앞에 고개 떨굴 때
서러움 보다 기쁨을 안는
구월이 오면 좋겠다

내 그림자

먼 길 걸어오며
철없이
뒷자락에 매달려서
바람처럼 따라오더니
힘들고 외로웠나 보다

어느 날 부터인가
무겁게 늘어진 모습을 하고
저만치 앞장을 섰다
그리고 나를 바라본다
언어를 잃은 채

꼭
무어라 말을 하지 않아도
가슴 속 그늘까지 몸짓하며
자꾸 길어지는
나의 그림자

힘찬 용의 숨결처럼
― 새암이 첫돌에

용의 힘찬 용틀임 속에
우렁찬 함성으로
이 땅에 자리한
또 하나의 소중한 분신이여

다가올 넓은 세상을 위하여
삶의 날갯짓 키워 가기
삼백예순다섯 날이
벅차도록 빛나는구나

용의 거센 숨결처럼
거칠 것 없는 용기로

풍요로운 결실 안겨주는
영롱한 구월의 햇살처럼
늘 넉넉한 마음으로
세상 어두운 곳까지 밝혀주는
꺼지지 않는 큰 등불이거라

멈추지 않는 뜨거운 박수가
너의 뒤를 따를지니

수줍은 듯 수줍은 듯
마른 나뭇가지 끝에 숨다가 불어가는 바람결에 숨이오다가
아직 풀리지도 않은 겨울 가슴으로 파고들어

봄

수줍은 듯
수줍은 듯
마른 나뭇가지 끝에 숨다가
불어가는 바람결에
숨어오다가
아직 풀리지도 않은
겨울 가슴으로 파고들어
온통 뒤흔들어 놓고
반가움을 손짓하려면
어느새
저만치 나서는 발길

오월

세상에 존재하는
모든 것들이
환희로운 오월
그 가득함
그대로 옮겨서
자꾸 무너져 가는 가슴에
곱게 심고
그렇게 살고 싶다

땅 위에 구르는
작은 돌 하나 마저도
살아서 정다운 눈짓 나누는
생명의 계절에
오월의 향기처럼
그런 사랑 하나 심고 싶다

아침 햇살

밤 세운
갈등
풀어 헤치고
새 생명으로 잉태하여
세상 모두 품어 안으려 는가

힘겨운 삶의 아픔도
꺼져가는 것들의 슬픔도
솟아오르는 사랑의 체온으로
다 녹여 내리고
활기찬 하루의 시작을 안겨 준다

북한강에서

도시의 늪 헤치고
바람처럼 날아와
회색빛 회포 풀어
강물에 드리운다

기쁨이거나 슬픔이거나
삼키는 듯 쓸어내리고
하늘 향해
작은 미소
일렁이는 강심이여

늘
한쪽 구석
젖어 사는 그리움
어느새
펄럭이는 상념자락 되어
가슴으로 파고든다

가 버 린 사람

인연이 모자라서
더는 다가서지 못했는가
지울 수 없는 흔적만 남겨 두고
그렇게 떠난 사람

시도 때도 없이 젖은 그리움 되어
숨죽이는 마음의 호수에
소용돌이치는 몸살
아직도 못 잊는 아픔을

세월의 강으로 띄워 보내면
흐르다가 어느 강둑에 걸려서
그 사람
다시 거슬러 올 수는 없을까

어느 한구석에 다사로웠던 너의 옛정이
아직도 훈훈한 온기 남아 있다면
사랑이란 불씨 지피우고
더운 가슴으로 달려갈 수도 있으련만